KB050336

마네킹과 퀵서비스맨

시작시인선 0190 마네킹과 퀵서비스맨

1판 1쇄 펴낸날 2015년 10월 30일
지은이 고성만
펴낸이 이재무
책임편집 박찬세
디자인 소은영
펴낸곳 (주)천년의시작
등록번호 제301-2012-033호
등록일자 2006년 1월 10일
주소 (04618) 서울시 중구 동호로27길 30, 413호(묵정동, 대학문화원)
전화 02-723-8668
팩스 02-723-8630
홈페이지 www.poempoem.com
이메일 poemsijak@hanmail.net

ISBN 978-89-6021-245-9 04810
978-89-6021-069-1 04810(세트)

값 9,000원

*이 책의 국립중앙도서관 출판시도서목록(CIP)은 서지정보유통지원시스템 홈페이지(http://seoji.nl.go.kr)와 국가자료공동목록시스템(http://www.nl.go.kr/kolisnet)에서 이용하실 수 있습니다.(CIP 제어번호: CIP2015027385)
*고성만 시인은 2014년 한국문화예술위원회에서 지원하는 아르코창작기금을 수혜하였습니다.

마네킹과 퀵서비스맨

고성만

천년의 시작

시인의 말

오래전부터
거짓말을 하고 싶었다.
나조차도 감쪽같이 속일 수 있는
거짓말로 그린
그림 한 폭
걸어두고
마냥 바라보고 싶었다.

참
간절하게
철없이

2015년 초겨울 광주 설죽로에서
고성만.

차례

제2부

제3부

제4부

해설

제1부

투계

맨드라미가
머리를 쭉 뻗었다가
푸드득 도약하여
칸나의 대가리를 찍는다
살점이 떨어져 나간다
우수수 날리는 깃털
피가 튄다
야산에
깊게 팬 자동차 바퀴
신발 흙 질컥거리며
환호성 지르는 사람들
마스카라 지워진 노을이
저녁 꽃을 줍는다

천전리 각석

우리가 맨 처음 마련한 신혼집 아니었을까

싸우고 나서도
등질 수 없을 만큼 작은 방
바위 벼랑에
뜨거운 입술
빛나는 눈빛으로

치렁치렁한 어둠의 머리카락 싹둑 자른 다음 깊게 아로새겨놓은 문양

강은 민들레 갓털 날리며 흐른다 길은 집 앞까지 바다를 끌어와 자장가 불러주었는데 나는 늑대의 저녁과 거북의 과거를, 너는 아이의 눈과 고래의 미래를 그리고

별자리에 대해
이름 없는 사물들에 대해
조곤조곤 나누던 이야기 아니었을까

사슴 여우 멧돼지 등속 쫓아 들어간 계곡에서의 나날은

거칠었다 생활은 좀체 열리지 않는 자물쇠와 같아

깜박 잠들었는데 사천 년 후라니!

여직 신혼인 너와 나는
연분홍 커튼 묶은
변두리 셋방
사방 연속으로 뻗어가는
무늬 속에 누웠다

홑겹의 슬픔

노랑나비 흰나비 쌍쌍이 날아다니는 텃밭 옆 돼지우리

낡은 옷 입은 사내들이 새끼 수퇘지의 항문 바로 밑 면도날 그은 다음 손으로 훑어 내리자 툭 튀어나오는 알이 희게 빛났다

그 후 사람 형상을 한 돼지들이 잠 속을 들락날락 내 것 내놔! 내 것 내놔! 울부짖으며 사타구니를 꽉 움켜쥐고

먼 도시로 공부하러 떠난 중학생 시절 낯선 지방의 기후에 적응되지 않은 나는 자주 토하거나 어지러웠는데 그럴 때마다 돼지들이 찾아와 이놈 제법 실하겠지 살살 어루만지는 손

직장 잡고 결혼 하고 아이 낳고 사는 동안 종돈 되지 못한 돼지들이 살집 실룩거리며 다가와 사지 묶어 저울에 올린다 무게를 단다 잘 벼린 식칼을 목울대 깊숙이 쑤셔 넣으며 껄껄 웃는다 콸콸 쏟아지는 선지 꾸덕꾸덕 훑어낸 내장 몫몫으로 나눈 고기를 들고 돌아가는 수퇘지들

비명 들리는 밤

내 것 내놔! 내 것 내놔! 울부짖으며 직장에서 밀려나지 않으려 전전긍긍하는 꿈속 다시 들어와 사정없이 사타구니를 움켜쥐는 서슬에 흥건히 젖어버린 가랑이

속옷 차림으로 빨래를 너는 아랫도리가 몹시 춥다

배추꽃 무꽃 환하게 핀 봄날

그리스식 지붕이 있는 거리

아내에게 조문 간다고 거짓말하고
애인이라 불리는 여자와 여행을 떠난다 내가
뒤집었다 엎었다 반쯤 죽여놓을 때
애인은 운다
구제역으로 걸을 수 없게 된 암소의 허벅지살과
AI로 날 수 없게 된 새의 겨드랑이 부위를
먹게 될지 모른다고, 무슨 뜬금없는 소리냐고,
그게 무슨 상관이냐고 외칠 때
독재자의 자식들은 독재자의 뒤를 따라갈 것이고
신혼부부들은 셋집에서 쫓겨날 것이며
기업들은 해외로 이전할 것이고
젊은이들은 깨진 밥그릇에
입을 맞추게 될 거라고 악을 악을 쓴다
이제 그만 하지! 입을 막을 때
정치인들은 이전투구에서 헤어나지 못할 것이고
종교인들은 사악에서 벗어날 수 없을 것이며
아직도 이 거리에서
희망을 믿는 자들은 모두 지옥에 떨어질 거라고
애인은
부츠도 벗지 않은 채 종알종알거린다

내가 하늘색 돔이 쩍 열리는 그리스식 모텔에서
이 짧은 절정의 순간을 만끽할 때

이것은 봉두난발 억새 수풀 헤치던 때와는 좀 다른 이야기다

108번 종점식당 개들은 조금씩 미쳐가지

컹컹 짖을수록 나무들이 형형색색 물들어가는 산기슭 헝클어진 머리 허연 이빨로 개새끼들! 중얼거리며 한 손에 토치 들고 다른 손엔 검붉은 다리 들고 그을리는 사내의 등 뒤 철망 문짝 흔드는 개들 목덜미를 씰룩 침을 질질 공기방울 부풀리듯 안개 자욱 피워올리듯 크르릉릉릉……

이것은
봉두난발 억새 수풀 헤치고
Y자 나무에 목을 매달던 때와는 좀 다른 이야기다

기어 나오려 할수록 깊이 빠져드는 늪처럼 여전히 해결되지 않는 문제들 아슬아슬 물가를 걸으며 힘껏 돌팔매질 하는 남자들 붉게 머리 물들인 여자들

놀이 고운 저녁

채울수록 허기져서
걸신들린 듯

아귀아귀 먹어 치우는 사람들의 이야기다

목줄 매인 채 우리 빠져나가 무덤 뒤 대나무 숲 속 배회하는 검은 그림자 하나 푸르게 쏟아져 나오는 안광

컹컹 짖을 때마다 우수수 물든 잎 떨어지지

알

껍질에 갇힌 울음이다
각角이 없는 꿈 살살 어루만지며
꾸러미에 담는다
톡톡
탁탁
껍질 깰 때까지
알아서는 안 될 비밀을 엿듣는 중이다
갓 부화하여
날기 시작하는 새는
내리자마자 녹아버리는
첫눈의 추억,
마침내 훨훨 하늘 나는 새는
흰 구름이 되는 일이다
뼛속
울음 꺼내어
투명하게 말리는 일이다

꽃여울[•]

–길·4

온 산천 울리던 매미가
잠시 멈춘 정적처럼
푸르르 쏟아지던 소나기가
갑자기 그친 순간처럼

공중이 환하다
나는
저 깊이가 두렵다
뛰어들어 재어볼 수도
마셔볼 수도 없는 냇물

몇 소절 노랠 부른다
경운기와 노부부가 지나가고
새끼 고기가 헤엄치고
모래가 구른다

여울이 몸 안으로 들어와
꽃을 피우다가
몸 밖으로 사라질 때까지

• 섬진강변 화탄.

저녁 불빛
–길·5

종일 내리던 비 그친 후
산 중턱
암자의 불빛

휘우듬한 길

낮잠 깬
동자승이 켜놓은 외등일까
허리 굽은 노스님이 밝혀둔
장명등일까

탈
탈탈
경운기 따라
외따로 흘러와 모인
별 몇 개

나도
동화책 소리 낭랑한
집으로 가야겠다

수분리[•]

—길·6

사과꽃 핀
가지와
가지 사이
미끄럼 타듯 달려가던
눈물방울 하나가
잎사귀의 절벽에서
똑.
떨어지는 순간
너는 섬진강으로
나는 금강으로
흘러흘러
동거차도
서거차도 어디쯤
다시 만날 날
있으리만

• 전북 장수, 금강과 섬진강의 발원지.

양화진•
–길·7

모리배 대여섯 명 해어화 두어 송이 옆구리에 박달나무 찬 포졸들 쓰개치마 두른 귀부인 제 몸보다 큰 짐 끙끙거리며 배에 오르는 도붓장수 절벽에 그늘이 차고 눈발 날린다

망나니의 칼날 피해 다급하게 숨어들던 천주학쟁이들 얼음장 아래로 사라진 뒤

더운 숨 뿜어 올리는 강

나는 노를 젓고 너는 아이 업은 채 밥을 짓고

즐비하게 아파트와 빌딩 늘어선 강변북로를 분주히 오가는 차들 하나둘 켜지는 밤의 카페 자욱 적시는 비

• 겸재 정선, 종이에 담채.

전주

–길·8

터미널 지나
구불구불 사투리 따라가다 보면
순교자 기념 성당이 나오고
어딘지 낯익은 서점에서
너에게 읽어줄 시집 고르느라 한나절
너에게 들려줄 음반 고르느라 또 한나절
아주 오래전 언젠가 지나가본 것 같은 골목
살아본 것 같은 집들
만나본 것 같은 사람들
인생도 사업도 폭삭 망한 뒤
주저앉은 것 같은
주점
누이 같기도 하고
어머니 같기도 한 여자가 따라준 막걸리 한 잔
비바람 천둥 번개 속 그녀가 운다
후회도
미련도 없다고 다만,
잊혀지는 것이 억울하다고
옛날 노래 서너 곡 부른다
널 그리는 널 부르는 내 하루는●

허공에 발을 딛는 것처럼 위태로워서
안개 낀 아침 그물코마다 촘촘이 박힌 보석을 얻는 것
욕망의 끝은
언제나 빈손
허기진 새끼들에게
제 몸마저 뜯어 먹히는 거미처럼
장독 뚜껑에 얹힌
하늘

●성시경 〈거리에서〉.

칼데라

오랫동안
참 많이 아팠겠거니,
하는 생각
수술대에 누워 있는 환자 같다
미세하게 금이 가는 지각
허옇게 피어오르는 연기

안으로 안으로 삭힌 노여움이
발화점에 이르러
일시에 폭발한다
우박처럼 날리는 돌들
화염에 휩싸인 구덩이

자궁에서
아기가 밀고 나오듯
끓어넘치는 마그마
한순간 세상이 환하다

봉우리는 꽃을 닮았다,
라는 생각

처참하게 찢긴 후에야
얻어지는 열매처럼
상처는 흉터를 남긴다

쉽사리 지혈되지 않으므로
삐질삐질 땀을 흘리며
꿰맨 자국이
할 말 많은 입 같다
제 몸에 불을 붙여 불로 사는 까닭에
수많은 날 앓았을 병

마침내
차가운 물 고인 화분
아래로는
뜨거운 이야기가 흘러내린다

옥상

모서리와
모서리가 만나
각을 이룬다
각과 각이 만나 건물을 이루고
계단과 계단이 만나
옥상을 이룬다

하늘의 정원에
망루를 지어놓고 수천 수만 마리
새들을 풀어놓는 바람
양떼 몰고 와 풀을 뜯기는 구름
가장 먼저 도착한 비의 손을 잡아주고
투신할까 말까 망설이는
눈송이의 글썽글썽한 눈을 바라본다

옥상은 자신의 내부에
방을 가지고 있다
장롱 식탁 냉장고
냉장고 안엔 세모 네모 알록달록한 반찬통들
채워도 채워지지 않는 허기로

침대 모서리에서 잠드는 사람들

모서리 진 꿈을 붙잡고
기어오르다
기어오르다
모서리에서 멈추어
모서리에 찔려
피를 흘린다

모서리가 부서진다
공기방울 터지듯 공중에 흩어지는
소리의 모서리들

강변 모텔

꽃 피는 속도로
산맥을 넘어가면
전파가 지지직거리는 절벽
아직
정리하지 못한 사랑같이
창을 열면
흰 새의 날갯짓
손에 잡힐 듯하고
먼저 흘러온 강물이
뒤따라온 강물에
몸을 섞는 강변
창을 닫으면 물결 흘러와
머리맡을 적시는 방
짧은 기억
긴 추억
홀로 그렇게

제2부

아이 하나가

아이 하나가 달린다 햇살이 감긴다 바람이 부서진다 무지개가 뜬다 아이 하나가 사라진다 하수구로 들어간다 지구의 뒤편으로 걸어 나온다

아이 하나가 학교에 간다 보안업체 직원 사설 경호원 배움터 지킴이 지구대 경찰관이 출동한다 교육청 관계자 교육부 관리가 TV에 나와 사과한다

아이 하나가 시험을 본다 비행기가 이착륙을 중지하고 핵발전소가 가동을 멈춘다 이스라엘과 팔레스타인이 종전을 선포한다 아이 하나가 밥을 먹는다 술집 떡집 쌀집이 문을 닫고 내츄럴푸드 현미오곡 날계란케이크 푸아그라간편식 가게가 신장개업한다

아이 하나가……

아이 하나가……

웃는다 꽃이 핀다 아이 하나가 운다 꽃이 진다 아이 하나

가 하품을 한다 비눗방울이 반짝인다 나뭇잎이 팔랑거린다 아이 하나가 병에 걸린다 강아지가 기침한다 앵무새가 소화불량을 호소한다 아이 하나가

성폭행을 당한다 신발이 뛰어온다 차들이 급발진한다 엄마의 가슴에 물혹이 생기고 아빠의 눈물이 불탄다 아이 하나가

잠을 잔다

포테이토 같은 해가 진다 맥도날드 같은 달이 뜬다

몰카 천국

앞으로
뒤로
무한반복 재생한다

지하철 계단 편의점 매장 사거리 신호등 여자화장실 목욕탕 탈의실 물고기 같은 눈으로 침을 꿀꺽 버스 요금함 위 현금지급기 앞 금고 주변 도둑을 잡기 위해 도둑의 마음을 즐긴다

콧구멍 후빌 때 노상 방뇨하는 순간 담배꽁초 버리는 찰나 스멀스멀 스며든다 더듬는다 꼼지락거린다 찌른다 깨문다 움직인다 닦는다 차가운 피를 가진 종족

상체
하체
맨다리 스쳐
쓰윽~

길을 감고 사라진다

마네킹을 배달하는 퀵서비스맨

여자를 들고 달린다

가방 속에 든 여자의 몸은 여러 겹의 포장으로 둘러싸여서 잘 보이지 않는다 욕이 먼저 튀어나온다 씨발,

벌거벗은 마네킹이다 마네킹이 쳐다본다 마네킹을 때린다 마네킹이 운다 마네킹을 다시 집어넣는다 마네킹과 함께 도망친다 한사코 시의 외곽으로

경찰차가 따라온다 그를 안다고 말할 수 없음에도 불구하고 그가 안다고 생각한다 부릉부릉 오토바이의 속도를 높인다 경광등을 울린다 경찰관이 거수경례를 한다

위반하셨습니다

시켜만달라고 각종 배달 심부름 대행 안 하는 것이 없다고 어디든 바람처럼 다녀올 수 있다고 헬멧과 마스크 사이 눈 깜박거림 멈출 수 없다 분노한 짐승같이 한쪽 다리를 든다 페달을 구른다

몇 동 몇 호세요? 어느 골목에 계신가요? 곧바로 나오실 수 있죠? 검정 바지 검정 점퍼 무릎 보호대 두른 채

요금은 14,000원입니다

부다다다—

꽃잎 으깨진다 애드벌룬 터진다

줄무늬스타킹을 신은 사내

맨몸에 줄무늬스타킹 신은 채 승용차 세워놓고 꿀꺽꿀꺽 침을 삼킨다

햇살 바람 안개 비…… 손 타지 않은 것들만 이 세상 처음인 것들만 소리 지를 자격이 있지 비명을 듣고 싶어

오른쪽으로 성당 왼쪽으로 여학교가 보이는 언덕에 이르러

날로 회쳐 먹어도 비린내조차 나지 않을 저 미끈하고 통통한 물고기들 바라본다 한 발 한 발 다가간다 퉤, 퉤,

와락 달려든다 겁먹은 얼굴, 애원하는 눈빛, 입을 막는다 걱정 마 죽이지는 않을 테니까

부화하기 직전의 알처럼 말랑말랑한 소녀여

후생엔 너의 딸로 태어나고 싶구나 도망가버린 아내와 자식들 찾으러 헤매고 또 헤매던 나날 동안

전자발찌만 아니라면 으이그 이걸 콱!

손을 풀어 놓아주고 차가운 우의 속에서,

운다

이미 늙어버린 소녀와 함께

낮 꽃 꿈

-뱀이 묵은 허물을 벗어버리듯(숫타니파타)

적요한 골목
하얗게 햇살이 부서졌다

점심 먹고 마루에 비스듬히 누운 나는
잘린 귀처럼
대롱대롱 거꾸로 매달린
꽃을 본다

입술 대자 잔뜩 찌푸리는 하늘
이웃집 아줌마가
양산을 편 채 마루로 올라와
커다랗게 부풀리는 치마 속
"엉큼한 녀석, 혼 좀 나야겠어!"
찰싹 엉덩이를 때리는 서슬에 번쩍 뜨인 눈
불에 댄 듯 화끈거리는 혀

그 여자의 남편이
낫을 들고 쫓아온다

호랑나비가 되어 훨훨 날아가는 꿈

유리 알갱이
반짝거리는 한낮

시립무등도서관과 이스탄불무인텔 사이

인터넷 풀옵션 간판 곁 어린 연인과 마주친다 발그레 물든 뺨으로 숙제를 했는지 생일파티를 했는지 향긋한 냄새 풍기며 (그 외 장면은 상상에 맡기고) 평일 낮 만 원, 주말 이만 원 쓰여진 입구 지나 먼저 다녀간 커플이 남긴 타액 땀 냄새…… 터럭 한 올까지 적나라한 순간 모두 간직했을 거울 침묵에 잠긴 욕실 샴푸 비누 수건 이런 데서 이를테면, 그 여자가 친구의 애인이었다느니 그 남자가 동생의 친구였다느니 믿거나 말거나 식의 소문을 엿듣기도 했을 테지만

검붉은 벽돌의, 언젠가 이 도시에서 벌어진 살육의 대가[•]라는, 가장 높은 곳에 있어 항상 우러러봐야 하는 산의 이름을 딴 도서관과 이스탄불 베네치아 리우데자네이루 요코하마 뉴욕 한번쯤 가보고 싶은, 먼 나라 항구의 이름을 딴 모텔 사이

남자는 여자의 어깨를 안고 여자는 남자의 허리를 두른 채

해와 달처럼

웃었다 찡그렸다

청춘의 피 뜨거운 유랑 길에서

● 광주시 북구 면앙로 소재 시립무등도서관은 5·18 직후에 지어졌다.

더 이상 던질 곳 없는 투수처럼

인생이 야구와 같다면 분명
안타 뒤 도루
역전 재역전이 있고 홈런도 있을 텐데
먼저 핀 꽃들 지자
점점 더 푸르러지는 숲
튼튼히 뿌리내릴 어린 모와
내일의 스타가 태어나서 자라나는 오늘
위대한 인물이 살다가 죽기도 하는,
시큼한 매실 따서 한입 베어 물다가
죄罪 다 버리고 싶은 유월
직구 커브 슬라이더 구사하는 대로
맞아 나가서 더 이상
던질 공이 없는 투수처럼
흐릿한 눈앞 바라본다 나는 왜
치는 족족 병살이고
잡는 족족 에러인지
아스라이 산맥 넘어가는 흰 구름
이 무슨 한심 답답한 생각이냐고
애앵애앵 달려가는 구급차
부다다닥 앞지르는 폭주 오토바이

결정구 노리는 투수처럼
손가락을 벌렸다 오므렸다
사인 날리는 포수의 미트를
열심히 노려본다

수목한계선

더 이상 키 자라지 않는 나무가
바람을 깨워
꽃 피우는
삶과 죽음의 경계

올라갈 수도 내려갈 수도 없다

능선 위로는
아, 추워라
서리설설 펼쳐진 상고대
능선 아래로는 아스라이
느티나무 단풍
눈부신 지상의 아침이 열리고
식구들 숟가락 젓가락 딸그락거리는 소리

들린다
눈잣나무 울음 소리
독한 술처럼 발효된 적막

언 손 받쳐 든 가지가

길게 드리운 두레박으로
찰랑찰랑 길어 올린 호수에
매일 밤
별이 쏟아진다

샤갈 마을의 염소

염소•가 지금 우리는 행복한 거냐고 입술 달싹달싹 작은 모자 쓴 사내에게 묻는다

파란 하늘이 열리자 빙글빙글 춤 연습에 열중하는 사람들 결혼식 하객 접대하기 위해 염소를 끌어다가 밀도살하려는 사내들 급소 노리던 도끼질이 빗나가자 종착역 향하는 기관차처럼 달리기 시작하는 염소 저울눈 속이는 쌀집 주인 거짓말 일삼는 이장 면장 젖 짜는 여자 괭이 맨 남자를 들이받는다 염소의 눈에 거꾸로 매달려 살려달라고 애걸복걸하는 사이 뒷산 동굴로 사라진다

둥근 언덕 위 세모네모의 집과 교회 기우뚱한 마을

눈이 내린다 석 달 열흘 사람들이 우우 올가미와 몽둥이 들이대는 순간 갑자기 튀어나오는 염소 알바 뛰느라 잠이 부족한 소년 전신 성형하느라 몸 파는 처녀 언제 굶어 죽을 지 모르는 독거노인을 태우고 염소가 달린다 사육장 지붕 위로 훨훨 날아다니는 닭들 꿀꿀거리는 돼지들 팔딱거리는 물고기들

염소의 눈은 젖어 있다

비록 채찍에 맞아 귀먹고 골병들어도 옛 주인의 워낭소리 그리워하며 하얗게 꽃 핀 가지 꺾어 초록색 얼굴의 사내에게 건넨다

•마르크 샤갈「나와 마을」.

저녁 일곱 시에 나는 침묵한다

배 속에 검은 연기가 가득 차는 것 같아
유리창 앞에 서서
금붕어처럼 뻐끔뻐끔

숨쉬기가 어렵다

아이들이 무거운 책가방 대신 캐리어 끌고 인솔 교사 따라 수학여행 떠났는데 배가 뒤집혔다니 수백 명 갇힌 선실에 물이 차올라 살려달라 울부짖는데도 구하지 않았다니 이런 나라에 살고 있다니
아
아
아
아~ 가슴 쥐어뜯는 부모들

물이 뚝뚝 듣는 교복 벗고 영어책 수학책 집어던지고 환히 웃으며 달려올 듯한데 언제 저렇게 커버렸을까 늠름한 청년들 아리따운 처녀들 수줍게 입 맞출 듯한데

시르죽은 태양은

오늘 하루 마지막 빛을 태운 후
위령 조곡 울려 퍼지는 계곡으로 사라지고

내게 따뜻한 피 흐른다는 사실이 슬프다

벼락 떨어지지 않을까
마른하늘 올려다보는데
아이들이 퉁퉁 부은 팔다리 들어 무어라 외치는 소리 들리는데 복수는 나의 것, 망치와 해머 휘두르며 마스트 거꾸로 처박히고 흘수선 위로 드러낸 배를 사정없이 부수는데 부수어 어디론가 끌고 가는데

북쪽 산록
하나둘
가로등 피어나는

저녁 일곱 시에 나는 침묵한다

부재중

몸을 던지자 허공이 출렁, 머리가 마구 헝클어진다 그 끔찍한 일 혼자 해치운 사람치곤 지나치게 평온한 얼굴 ***누구의누군가누구를누구하고누구에게*** 궁금한 대답 피하려고 굳게 다문 입술 바짝 당긴 턱 끊임없이 불어오는 소문 거두는 귀 무한을 향해 열린 다른 쪽 귀 참 오래 걸어왔으므로 한쪽은 신겨 있고 무언가 닿으려 닿으려 발버둥쳤으므로 심연을 향해 사라진 반대쪽 신발 한꺼번에 들이닥치는 공기 빨아들이느라 캑캑거리는 기도에서 빠져나온 비명

메아리치는 동안

문자로
음성사서함으로
안간힘으로 신호가 갔지만

지금은전화를받을수없습니다다음에다시걸어주시기바랍니다

팽팽히 당겨진 피부 실금 퍼져가는 모세혈관 부끄러움도 집착도 초월한 부처처럼 슬쩍 들춰진 속옷 내팽개쳐진 소

지품 흐릿해진 글씨 ***내가오늘여기서생을마감한들무슨문제가있단말인가*** 피 고인 웅덩이 터진 봉지같이 구겨진 육신 가까스로 치워진 자리 완전한 봉인을 위해 어디론가 실려 가는 사람의 등 뒤로 천천히 어둠이 내려와 허공의 눈을 감겨준다

수컷들

피라미가 혼인색으로 물든다 붉고 푸르스름하게 살살 헤엄치는 암컷의 꼬리에 홀려 그 주위로 몰려드는 수컷들 암컷이 알을 낳으면 몸 흔들어 정자를 뿌린다 수정 후 단풍잎처럼 물 위로 떠서 흘러가는 수컷들

수캐는 암캐의 등 뒤로 올라탄다 몸을 백팔십도 돌려도 작대기로 후려쳐도 뜨거운 물세례 퍼부어도 빠지지 않는 수캐의 성기 두 눈 껌벅껌벅 미안하다는 듯 미안해도 어쩔 수 없다는 듯 초월한 듯 달관한 듯

한 소년이 망원렌즈가 달린 카메라로 건너편 아파트를 열심히 들여다본다 현관 열고 들어온 여자가 훌훌 옷을 벗어 던지더니 화장실로 들어가고 소년은 화장지를 풀어 손에 감는다 샤워 마치고 나온 여자가 실내를 돌아다니는 동안 점점 빨라지는 손 빨갛게 달아오르는 얼굴

수컷 거미는 검은 비로드 같은 음부에 생식기 박은 채 물구나무서면서 몸을 흔들흔들 자연스레 암컷의 눈앞에 놓이게 되고 암컷에게 잡아먹히면서도 정자를 더 많이 방출할 수 있도록 끝까지 자세를 바꾸지 않는 수컷, 그 몸으로 포

식하는 과부거미

단정하게 교복 입은 소녀가 지하철에서 팔짱끼고 졸고 있는 남자를 손가락으로 가리킨다 이 사람이 절 만졌어요! 잠에서 깨어나 웅성거리는 사람들 머리 노랗게 물들인 소년이 나타나 어리둥절한 남자를 끌고 으슥한 곳으로 가서 돈을 우려낸 후 함께 사라진다

죽은 아내에게 타지마할을 지어 선물한 무굴제국의 왕처럼 딱따구리 수컷은 암컷의 무덤 짓기 위하여 단단한 나무를 뚫는다 맹금류 비바람 눈보라 넘볼 수 없는 공중의 궁전 하나 짓는다 딱따그르르 구멍을 뚫자마자 또 다른 나무에 구멍을 뚫는 수컷 딱따구리

꼬리

누구는
척추가 길어진 거라 했고
누구는 창자가 빠져나온 거라 했는데
면접시험 칠 때
애인과 마주 앉을 때
존경하는 시인을 만날 때는
밟히지 않도록 조심했고
돈 많은 사람
낯 두꺼운 사람
여유 넘치는 사람 앞에서는
슬쩍 꺼내어 살살 흔들었던,
차마 내키지 않는 일
눈뜨고 봐줄 수 없는 일
참을 수 없이 화나는 일에는
보이지도
잡히지도 않지만
파르르르 떨리는 그것

제3부

잇

확 휘발유 부은 것같이

붉은가 하면 누렇고 누런가 하면 빨강 노랑 주황 주홍이 고루 섞여 빨긋빨긋 빨그족족 처녀 볼따구니처럼 발그레 불그레 잉걸불 일듯 이글거리는 해의 기운 머금어

뿌리도 붉고 줄기도 붉은,

그 풀 으깨어 만든 음식도 붉고 그 꽃 우려 염색한 옷도 붉고 그 옷 입은 사람도 붉고 그 사람 향한 내 마음도 붉은,

십 년

백 년

천 년이 다가도록 붉디붉은,

'잇'이라 발음할 때마다 입속에 탄다 불,

탄다

운문사

골바람이 함화산을 넘어간다

전나무 사시나무 우쭐우쭐 춤을 추고 짐승 털이 곧추서는 골짜기 제 발자국 소리에 흠칫 놀라 뒤를 돌아보면 등성이 타고 오르는 푸른 불길

대웅전 민꽃살문으로 마음이 기운다 아흐레 달이 지자 장마가 몰려온다

비에 갇힌 방

전 부쳐 막걸리 따라 놓고 부모님 요양원에 모신 얘기 병난 이웃 얘기 아이들 학교 얘기 노루인지 멧돼지인지 외마디 울음 들리는 산중 염려 마라 아무 일 아니다 시끄러운 속 가만가만 다독이며

여전히 불화 중인 세상에 대해
아직도 익숙지 않은 거리에 대해

처진 소나무 가지 아래 우묵하게 젖은 수국 근처

치열 가지런한 스님께 산문 밖으로 나가는 길을 물었더니
턱으로 구름을 가리킨다

샹그릴라

그곳엔 첫눈이 내렸나요?

흰 연기 퐁퐁 솟아오르는 산중 그려봅니다 침엽수림의 계곡엔 빨간 지붕의 집들 마른 잎 수북이 쌓이는 뒤뜰엔 텅 빈 가지 사이 까치밥 매달린 감나무 켜켜이 쌓아 올린 장작더미

주점에선 왁자하게 싸움이 벌어지고 브로치 단 여자와 가죽점퍼 입은 남자가 트렁크 챙겨 들고 야반도주하는 길가엔 아름다운 성처럼 둘러쳐진 절벽 헤엄쳐 건너기에는 너무 넓은 호수에 짙게 드리운 안개

비포장도로 따라 가설극장이 들어오면 서커스 공연 보러 모여드는 초롱한 눈망울들 멧돼지와 사투를 벌이는 남자들 햇솜 놓아 옷 해 입으려고 길게 드리운 염색천 배경으로 밝게 빛나는 여자들

아흔아홉 굽이굽이 무릎 꺾어야 도착한다는 지상 최고의 낙원

흐릿한 유리창 너머

아무도 아프지 않고, 영원히 산다는

그곳엔 겨울이 깊었나요?

도심지 상가 3층 배설물 냄새 고약한 중증 치매 환자 요양원이 하필 그 이름인지, 불러봅니다 이 세상 어딘가에 있다는 마을을

요가 하는 여자

멈춘 듯 움직이는 동작 다리를 꼬고 가랑이를 찢는다 물결처럼 흘러내리는 머리카락 숨 막힐 듯 고운 뒤태 굽힐 때마다 가슴골 드러날 듯 말 듯 치골에 걸린 반바지 적당히 살이 오른 허벅지로 사뿐사뿐 쿵쿵쿵 지지고 볶는 고양이 혹은 노루

선암사 승선교 같은 등허리 휘어 차안과 피안에 걸치고

흡,

들숨과 날숨 사이 반짝반짝 개울을 거슬러 오르는 버들치 한 마리

뛰기는 여자가 뛰는데 왜 내 입에 침이 고이는 걸까

첫눈처럼 상큼한 아이스크림 절로 넘어가는 열대과일주스 안개와 이슬 일대일로 혼합한 물방울시럽 시금달큼 블랙베리 담은 주머니 꽉 쥐었다 놓으면 주르륵 흘러내리는 즙 살살 뿌린 낙엽살 상추에 싸서 입이 터져나가도록 씹으며 스르르 잠에 빠진다

그랑드 자트 섬의 일요일 오후*

초여름 어느 날
친구 아버지와 친구들
양산을 든 귀부인 몇 명과 소풍을 갔지
배로 세 시간
걸어서 한 시간

방풍림 늘어선 바닷가엔
한가롭게 산책하는 사람들
낮잠을 자는 남자들
친구와 나는 고둥 잡느라고 정신 없었는데

"잘 놀아라 이따가 데리러 오마"
숲 속으로 사라진 어른들
한나절 지났을까
갑자기 어두워지는 하늘

염소 울음소리를 내면서 안쪽 길로 따라가니
아름답다고 해야 하나
눈물겹다고 해야 하나
통째로 불타는 양귀비 꽃밭

점점이 흐드러진 빛

한바탕 소나기 지나간 뒤
친구 아버지와 친구들
양산을 든 여인들이 우릴 부르는 소리 들었는데

걸어서 한 시간
배로 세 시간
희고 탐스러운 달이 떠 있었지

• 조르주 쇠라.

빗소리

호박잎에 떨어지는 빗방울처럼

동당동당동당
장구 소리 들린다

당골네의 굿당에 맡긴 후부터 그 할머니 손길이 닿은 곳마다 따뜻한 기운이 퍼져가고 배앓이가 가라앉은 다음부터

찐 보리쌀 냄새 쉰 고두밥 냄새가 나면서
단술 익어가는 동안
바다에 나간 남편은 왜 돌아오지 않는지 가족 잃은 아픔은 어떤 것인지 미친 세월 미안한 말 고마운 말 못다 한 이야기 나누며 춤을 추었는데

입 안에
침이 마르는 밤

슬픈 여인의 흐느낌처럼

필닐리리

피리 소리 들린다

H병원이 보이는 풍경

상가 건물에 가려
항상 햇볕이 잘 들지 않는 병원의 이름은 양지
이번에 해오름으로 이름이 바뀐 그 병원
관리인으로 취직한 사람의 말에 따르면
노인과 신경정신과 재활의학과 환자들 중
가짜들이 너무 많다고 한다
죄수처럼 푸른색 줄무늬 환자복 입고
편의점 파라솔 아래에 모여 담배 피우는 저녁
그들 편에서 보면
공룡시대부터 살아남아
울퉁불퉁 보도 들어올리는
메타세쿼이아 가로수 길 매일
부지런히 오가는 내가 불쌍하기도 하리라
내 편에서 보면
안타깝기도 하고 부럽기도 하므로
병원 옆 횟집에 등이 켜지는 것을 망연히 바라본다
시원한 미소 띤 채
엷은 하늘색 옷 입은 사장이
커다란 수족관을 들락날락
점심 특선 7천원 저녁 특선 2만원

나는 한 번도 가보지 않았으므로
괜히 무안 당한 기분으로 건물 앞을 서성거리다
돌아온다 최근 그 집 둘째 아들이
알콜병동에서 퇴원하자마자
음주운전 뺑소니 사고를 내고
교도소에 갇혔다는 이야기를
얼핏
들은 것도 같다

붓꽃 피는 아침

어디서 날아온 편지일까
산들 부는 바람 따라 지금 내 손 위에 올라앉은
복숭아꽃잎
혹은
침대 의자 창문 슬픔마저 노란 집에서
친구는 떠나고 제 귀 잘라 창녀에게 바친 화가의 숨결
아우야 고통은 꽃과 같아서 피었다 질 뿐 좀처럼 사그라지지 않는구나
여기 꽃병에 담아 보내니 이 그림으로
아버지 어머니께 맛있는 빵을
사다 드리렴•
그림 팔렸다는 소식 기다리다 기다리다 권총으로 자신의 심장을 겨눌 때
밤새 내리는 빗속
잘린 귀 같은 꽃
바르르 떨린다

•반 고흐의 편지.

용두백산양반
–마포·1

입은 늘 부르기 위해 달싹거렸고 귀는 늘 듣기 위해 벌렁거렸고 손은 늘 두드리기 위해 까딱거렸으므로

눈처럼 바람처럼

그의 목소리가 날아오면 일꾼들은 일을 멈추고 싸움꾼들은 싸움을 멈추고 새들은 울음을 멈추고 황소는 새김질을 멈추었다네 이름은 용두, 복 많이 받으라고 복만이아버지, 택호가 고부 백산이라서 백산양반

말이 양반이지 아이들에게도 어이 어이, 놀림받던 하꼿길 우마차에는 항상 꽃 피고 나뭇잎 졌는데 먼저 간 임 다시 돌아오지 않는다는데

어디든 데려다주고
무엇이나 보여주던 소리의 마술사

우루루루 시르르르 이히이히 으으으응 휘릭휘릭 히히어으……

상갓집 잔칫집 마당 막걸리 한잔 걸치고 너털 웃으며 허연 입매 쓰다듬던 복만이아버지용두백산양반, 이틀사흘 바람 불고 눈 내리던 그 바닷가에서

에라 급살 맞을! 지청구 한 바가지 퍼붓지 않을라나 몰라

욕본다는 말

–마포·2

살얼음 위로
하염없이 눈발 날리는 저물녘

어머니께서
불땀 좋은 싸리나무 군불 지피는 아궁이 근처
댓살 푸른 채반 광주리 바구니
키 소쿠리 내려놓은 채
뜨거운 국에 밥 말아먹는 아주머니에게
욕보네,
건네던 말

나에게는
바스락바스락 그녀가 밟고 왔을 길이 떠올랐는데
안개 걷히자 노을 지는 바닷가를
걷는 듯하였는데

나만한 아들 보고 싶다고 머리 쓰다듬으며
눈물 글썽이는 그녀의 배는 왜 또 불룩한지
풀리지 않은 의문이 있었는데
그 여자

하룻밤 자고 떠난 뒤
어머니께서

이 집 저 집 사랑채에 몸을 뉘는 그녀가
참으로 욕본다는,
알 듯 모를 듯한 이야기

다시 까맣게 몰려오는 눈발 앞에서
사십 년도 더 전에 낳았을 그 아이는
어떻게 살고 있는지
새삼 궁금해지는
오늘

고구마꽃
–마포·3

이른 봄
빨갛게 핏발이 서는 것처럼
고구마 순 자란다
봄밭에 거름 한 짐 내고
누가 볼세라 구강 한 입 베고
꿀맛 같은 밥 먹어보는 것이
소원이었다던 아버지

연분홍꽃 핀다
전분 공장 차떼기로 밭을 사러 온 사람들이
박박 깎은 대가리가 쩍쩍 벌어지듯
틈이 갈라진 왕고구마를
헐값으로 벗겨갈 때

상고몰랭이 넘어 심부름 간다
녹말이 많아 달착지근한 것도 모르고
고구마 많이 캐면 고구마밥 많이 먹겠지
가마니 수가 늘어나도
윈 밭의 뿌리조차 거두어들이는 일
이제 그만 좀 했으면 좋겠다고

우물 곁을 지나면서도 생각했지

고구마가 살렸더란다
어머니 아버지, 우리를
고마워라 고구마 구강까지 삶아서
썩은 부분 도려내고 먹던
고구마꽃은
가물수록 환하게 핀다

박영근*

–마포·4

줄 끊어진 연 찾으러 산발리로 갔다 형은 소바우에 묶인 소의 밧줄 풀어주러 갔다 형은 버찌 따 먹다가 검어진 입으로 날궂이 하듯 울었다 라디오에서 정오 시보와 함께 *날아라새들아푸른하늘을* 노랫소리 들릴 때 형은 종주먹을 날렸다

앞마당까지물이들어찼고갈매기끼룩끼룩칠산바다나가는배들로시끌벅적했던포구항아리와장작실은배가나가고조깃배가들어오면풍작풍작노란샤쓰입은사나이가울리던시절그땐몰랐지형의아버지가육이오부역자였다는사실마을여러집제사가같았으며마을사람들은끝내형의아버지를용서하지않았고형은실천문학과창비에서시집여러권낸시인이되었다는것

여기저기 간척사업이 벌어졌다 양식장을 실패한 벨기에 신부가 종루에서 나와 허청으로 들어갔다 허청에는 벙어리 여자가 옷을 벗고 누워 있었다 여자의 피부가 꺼무스름했다 종은 금이 가서 더 이상 칠 수 없었으므로 성천에는 황포돛배가 들지 않았고 입 안 가득 모래가 설컹거렸다

모터보트를 타고 갔다 형은 흰 저고리 검은 치마의 정녀를 만나러 하섬으로 사라졌다

•전북 부안군 변산면 마포리 출신 시인.

마른장마
—마포·5

푸른 잉크 번지는 하늘

사발로 소주를 따라 마신 후 통마늘 안주 까 잡수곤 주막에 나서 비는 오지 않고 잔뜩 흐린 저녁 어스름 바락바락 악쓰는 소리 들리면 니 애비다 나가봐라 할머니의 재촉에 심드렁하게 대답하는데 어떤 사내가 아버지의 머리를 바닥에 짓찧으면서 퍼붓던 욕, 재취 자식 이 후랴들놈아!

모로 처박혀서 다가오지 말라고 손사래 치는 아버지를 볼 때 차라리 내겐 오랑캐의 피가 흘렀다

나날이 바싹 여위어 결코 달콤하지 않은 삶의 쓸개를 핥고 점점 뜨거워지는 불 바퀴 속 번제의 시간을 준비하는 것인가 나도 누군가와 드잡이를 하다가 목줄 잡힌 채 지긋 깨문 이빨 사이 바람이 새듯 나직하게 씹어뱉고 싶은 말, 니 이미씨벌!

그런 날 고구려 여자 화희와 한나라 여자 치희•가 머리카락 휘어잡은 싸움 한판처럼 더욱 진하게 피워 올리는 치자 향기

하늘의 깊이를 재어보았다

•유리왕의 여자 화희와 치희는 서로 쟁투하여, 치희는 원한을 품고 집으로 돌아가 버렸다.

겨울, 동림저수지*

얼음의 시간이다 낚시꾼이 떨어트리고 간 낡은 의자 하나 삐딱하게 처박혀 있고 가장자리부터 중심까지 완벽하게 봉인된 감옥

이천 년 전 옹관묘
백이십 년 전 분묘

이 골짜기는 싸움터였다

흰 옷에 죽창 든 사람들이 보국안민 제폭구민 불길처럼 일어나서 온 들판 태우다가 흰 옷은 더럽혀지고 죽창은 꺾였지만 형형한 눈빛으로 형틀에 실려 가는 키 작은 사내

담청의 하늘 아래 목화송이 같은 집들 두건 쓴 산들 이제 또 누가 죽어 이곳에 묻힐 것인가

인플루엔자에 감염된 철새들
역병에 걸린 가축들

이 고장 태생의 명창이 바람의 징처럼 두드리자 배고파서

죽은 사람 억울해서 죽은 사람 지긋지긋한 세상 미련 없이
훨훨 떠난 사람들이

자진모리 휘모리로 어우러지는 판소리 한바탕

붕어들이 깜짝 놀라 옴찔옴찔 흘려보내는 제방 밑,

물의 흰 이빨이 시리다

•전북 고창 소재.

태풍에 쓰러진 나무

희고 검은 개미알들
사방으로 흩어지는 새끼 개미들
한때는 자궁이었던,
생명이었던 느티나무가
느닷없이 쓰러지는 순간
공중 휘저어 무언가를 붙잡으려 애쓰는 가지
넘어지는 서슬에 거꾸로 들린 지구
굵은 뿌리 잔뿌리 가득 담긴 허공
움켜쥔 흙이
부슬부슬
한때는 물감 엎질러놓은 듯
융단을 깔아놓은 듯 진녹색이던 나뭇잎이
시시각각 마르면서
토막토막 잘린다
전기톱날 지나간 자리

숟가락 모양의 움 하나 솟아 나온다

제4부

날것의 그리움

닭장에 들어가 암탉의 날갯죽지를 붙잡았을 때
푸드덕 놀라 떨어트린 알이
파삭 깨지면서
아, 그
비릿한 냄새
엊그제 노래방에서
어깨에 매달리던 여자의 머리칼을
만지는 것과 비슷한 느낌,
아니었을까

어떤 이의 어미이거나,
어떤 남자의 지어미이거나, 였을
그 여자가
귀에 대고 속삭이던 말
절 좀 데려가주세요
다시는
돌아올 수 없는 곳으로

지폐 몇 장 찔러주면 오목가슴 열어
죄다 보여줄 테지만

털 뜯기고
둥지에서 쫓겨난 수탉처럼
서두르는 귀갓길
한때 내 것이었던 은빛 햇살이
낮부터 내린 비에
흠뻑 젖고 있었다

가만가만

문 앞에 서서 침을 묻혀
창호지 구멍 뚫듯
꽃잎 속을
들여다본다
부엌 쓸고
쌀 안치는, 뒤태가 예쁜 저 여자
깜짝 놀라게 해줄 심산으로
바람처럼 가만가만
햇살처럼 가만가만
무슨 서슬엔지
갑자기 돌아보는 여자
오히려 깜짝 놀란 내가
안녕하세요! 인사하니
누구세요? 빤히 쳐다보는 그 여자
붕붕거리는 벌
발뒤꿈치 들고 사라지는 고양이
가만가만 피어서
가만가만 흔들리는
꽃잎 밖으로
가만가만

우물은 바다로 흐른다

돌 틈에 발 딛으며 천천히 내려간다

화들짝 날아오르는 나비 잠자리 몇 해 전 집어넣은 붕어 미꾸라지를 잡기 위해 더듬거리는 손에 처음 우물을 팠다는 윗대 할아버지, 고기 낚으러 가서 실종되었다는 얼굴이 만져진다 아니, 치마 뒤집어쓰고 뛰어들었다는 할머니인가도 몰라 도시락 뚜껑 동전 고무신이 가라앉았고 마디마디 댓잎소리 두레박 오가는 길목 미끌미끌 둥글어진 바위 헛딛어 풍덩, 냉기가 허벅지를 찌른다 물달개비 우산이끼 사이사이 석류나무 은행나무 감나무 가는 뿌리들이 뻗어 나와 실핏줄같이 엉킨 햇빛 저장소 훅 울음이 터진다 어머니 누나 아랫집 친구 부른다 생의 비밀을 엿본 죄로 지하 감옥에 유폐된 영혼처럼 천천히 올려다본 하늘

우물에서 출렁출렁 솟아난 물은 바다로 흐른다

오동나무 속에는

오동나무 속에는
박 씨 일가가 살고 있다
박 씨의 딸이 가늘고 고운 손으로 딩동딩당동
거문고를 울리면
두껍고 빽빽한 책이 펼쳐진다
검은 페이지에는
천만 군대가 말을 달리는 장면
처절한 싸움 끝 널브러진 시체들
오동나무 속에는 장의사가 살고 있다
맞춤한 무덤 자리 준비해놓고
마지막 잔에 술을 따르자
이미 죽은 사람들이
빼꾸기 울어 예는 고갯마루에서
권커니 잣거니
딩아돌하 당금에 계샹이다•
딩아돌하 당금에 계샹이다
기쁨도 한숨도
강물처럼 흐르려니……
오동나무 속에는 염색장이가 살고 있다
아주 커다란 슬픔 갈색으로 물들인 잎

뚝뚝 떨어트리는
오동나무 아래
오동나무로 지은 집에서
천 년 전에 살던 나는
시집가는 딸의 장롱을 맞추려다
죽은 아들의 관을 짰다

● 고려가요 정석가의 일부.

물방울의 집

강 하구
늪 앞

물방울의 문을 열고
아낙이 나왔다
사내가 들어가고
문이 닫혔다

지워질 듯 말 듯

는개 끼고
갈대 서걱거렸다

저물녘

1

싸락눈 내리면 새우젓 사려 창란젓 사려
외침 소리 들리네 황급히 달려 나간 어머니께서
꼬깃꼬깃 건넨 돈이며 동글동글 어여쁜 여러 꿰미 달걀들
녹두 팥 찹쌀 동부 고추 깨 등속 미간이 좁고 하관이 빠른 사내의 상호가 보이네
올해 또 싸락눈 내려 귀싸대기 때리면
그 사내 살았는지 죽었는지
갈치속젓 사려 황석어젓 사려
기세 좋은 호객 소리 자꾸자꾸 메아리치네

2

남으로 남으로 우리 누이 시집가던 날
"워따워따 이 집 메누리 복 있을랑갑서야" 퍼붓는 쌀눈
돼지막에서 끌고 나온 수퇘지 때려잡으면서
모락모락 피어오르는 더운 김 속 들어 올린 뻘건 내장 굵은 소금에 찍어 먹는
동네 사람들의 낡은 잠바와 장화
시금치 밭 마늘 밭 파란 남쪽 차일 친 마당의 국밥 그리워
가뭇없이 어두워지는 저녁

3

날이 춥군요 눈도 많이 오구요 혹시 추위에 다치지나 않으셨는지

저는 반들거리는 거리에 나가 썰매 타듯 쭉쭉 미끄러진답니다

주렁주렁 새끼 돼지 그림이 걸린 이발소 집 창문에 붙어

검은 코트 긴 목도리에 싸인 채 버스에서 내려오는 단발머리 소녀가 없는지

뽀얀 수증기에 이름을 썼다 지워본답니다

전봇대 줄 지어 선 들판 넘어 갈대 사위어가는 강변 지나 기러기 닮은 섬들 따라가면

한순간 옷깃에 스치는 바람처럼 만나질지, 또 압니까

4

부딪치면 깨질 것 같은 청동의 하늘 우우 바다로부터 불어온 바람이 거칠었지만

홍시와 무를 먹으며 빨갛게 싹이 나는 통가리 속의 씨고구마까지 탐내다가

"닭장에 두 번 절하고 오니라" 할머니의 지청구 듣던,

소매질통인지 똥항아리인지 구분이 가지 않는 바깥 변소
육각 팔각 별 모양 반짝반짝 빛나던 몽달귀신
“아직 멀었니” 불렀는데 “아아니” 해놓고선
아무리 기다려도 돌아오지 않는 나날 동안

누나

사내의 머리칼이 짧다

붉게 상기된 얼굴로 헤벌쭉 웃으며 횡단보도 신호 기다리는 여자 향하여 누나아~ 두 팔을 깃발처럼 펄럭펄럭거리자 쪽진 듯 뒤로 묶은 서너 살 연상쯤 되어 보이는 여자 봄 햇살처럼 나붓나붓 건너온다 커다란 덩치의 그 남자 누나 왜 이제 와 품에 안길 듯 달려드는데 얼굴 조막만한 그 여자아이 어르듯 누나가 바빴어 달랜다 맛있는 거 사줘 누나 돈 없어 왜 없어 사는 게 복잡해서 복잡한 게 뭐야 그런 게 있어 그래도 사줘 알았어 언제 내일이나 모레

두 사람의 어깨와 손이 닿을락 말락

도심지 공원 귀퉁이를 허물며 해당화 꽃잎 하나둘 떨어질 때

서해 파도 넘실대던 바닷가, 좀체 소식 없는 누나

시월의 저녁

헤어지기 위하여
기다리는 아침이 있다
망각의 늪에서
다시 생각나는 이름이 있다
어두울수록 환하게 빛나는 기억이 있다
아직 하루가 채 다 지나지 않았는데 사방이 캄캄한
저녁 일곱 시
제 그림자 잃어버린 나무
떨어져 날리기 직전
붉게 물든 잎 헤아려보는 마음이 있다
밤이 되어서야 찾아오는 종족들
휘휘 휘파람 부는 새 도둑고양이
골짜기에 등불 켜지면
먼 나그네는 숙소에 들고
밤은 건물을 지우고
길조차 지운다
오늘 내가 부르는 노래는
그대의 귓가에 닿지 못하지만
깊은 밤이라야 비로소 휴식을 얻는 잠이 있다
구름은 간이역에 멈추지 않고

빗방울은 밤새 지붕을 두드릴지라도

다가감으로

조금씩 멀어지는 사람이 있다

남원역

농약가게 빵집 우체국 담벼락에 낡은 자전거 기대어 있고 고압선 철탑 철컥철컥 집어와 벼가 자라는 논에 꾹꾹 심어놓는 기차

이 지방도시의 사람들은 밥을 먹다가 일을 하다가 하품을 하다가 오래전 영화를 꿈꾸는 눈빛으로 잠깐 하늘을 올려다본 뒤
몇 장의 채무고지서 납부영수증 청첩장이 쌓이는 동안 적막을 사랑하는 표정으로 모서리가 닳은 문의 손잡이를 열고 나와 한결 길어진 그림자 접어둔 채

이젠 기억조차 멀어져 그리움마저 부질없어진 저물녘 지나던 발길 멈추는데

새는 구름의 속살을 만지는 기분일까

부치지 못한 편지 한 장
파르라니 치솟은 산의 어깨를 향하여 날아가면 끝내 하지 못한 말 자진모리로 모였다가 진양조로 흩어지고
다음 생의 너와 나처럼 갈래머리 묶은 여자아이와 자전

거 끄는 남자아이가 차고 맑게 흐르는 강물에 제 그림자 비
춰보는
  추억도 재개발되기를 바라지만

  쉽게 떠나가선 다시 돌아오지 않는 사람의 뒷모습이 신역
사와 구역사 사이 붉은 꽃그늘에 어룽진다

낭림의 가을

짐승 털옷 입은 사람들이
살고 있지 않을까

황홀하게 불타오르는 계곡
조상 대대로 비탈밭 일구면서
낮엔 멧돼지 사냥
밤엔 감자 굽지 않았을까

토우로 만든 인형 선물하며
쪽쪽쪽
입 맞추는 연인의 등 뒤로
잘 익은 열매 떨어지는 오후
기압골이 통과하느라
검은 구름 몰려가는 11월
바람의 정령 닮은 아이를 낳지 않았을까

갑자기 불어닥친 눈보라에
납작 엎드린 사람들이
짐승 털에 묻은 꽃씨로
길흉을 점치지 않았을까

대낮에도 별이 뜨고
코끝 빨간 남자
머리카락 산발한 여자 있었으리

낭림,
낭림,
하고 부르면
긴 한숨

벼랑에 선 이리 울음소리

멜론

치사랑의 그리움에 몸서리쳐본 사람은 알지 지나치게 쓴 맛도 지나치게 단맛도 좋지 않다는 것을

단 한 번 입맞춤을 순금으로 간직한 사람은 알지 견뎌야 할 그 무엇 누리고 싶은 그 무엇이 있다는 사실

마음 머문 자리마다

꽃 핀다

까칠한 피부 그물망 무늬 정글처럼 뻗어나가는 순과 잎 사이 탐스럽게 밀어 올리는 꿈

느닷없이 쏟아지는 비에 온몸 적셔본 사람은 알지 자기가 뜨거워지지 않고서는 남을 덥힐 수 없다는 사실

숙성한 슬픔의 맛을 본 사람은 알지 무릇 살아 있는 존재는 따스하다는 것을

눈 오는 밤

극장엘 간다 영화를 감독한 사람도 나이고 주연배우도 나인데 알고 지내는 사람 모두가 등장인물인 영화를 보기 위해 하얀 말을 타고 숲으로 들어가면 행복한 사람의 웃음처럼 흩어지는 눈보라 사소한 다툼 끝 술집 여주인을 살해한 사람도 나이고 끔찍한 비명에 소스라친 사람도 나인데 그 여자의 남편이 넌 이미 죽은 거나 다름없어!라고 외치는 소리 들으며 케이크처럼 잘린 몸통에서 콸콸 쏟아지는 피를 본다 칼로 찌른 사람도 나이고 칼로 찌르기 위해 과도를 산 사람도 나이고 사건 수사를 맡은 사람도 나이고 사건의 용의자 또한 나인데 이미 도망쳐버린 범인의 발자국을 찾기 위해 플래시로 이리저리 비추자 빨강 파랑 빛을 내며 날아다니는 정령들 겨울이 두려운 동물들은 깊은 잠에 들고 영화 끝나가는 것이 아쉬운 나는 비극적 결말을 즐기는 중, 극장은 펼쳐놓았던 필름을 천천히 되감는 중이다

천만 개의 눈송이들

나비가 팔랑팔랑 날아간 하늘이다 비스듬히
햇살 비추자
떴다 사라지는 무지개
한 번 헤어진 뒤
다시 만나지 못한 사람의 눈빛이
마주치는 지점

꽃이 피고
꽃이 진다

사랑과 이별
기쁨과 슬픔
나의 과거와 너의 미래를 기록한 책이다
읽을수록 미궁으로 빠져드는,

천만 개의 페이지를 열고 안으로 들어간다
침묵으로 양식 삼은 수도승들이
밥해 먹고
잠자는 말의 사원
피가 돌고 살이 찌는 몸이다

제 무게만큼 흔들리는 나뭇가지에
바람 불자
나비 지나간 자국이
하얗게 지워진다

어청도 등대
–길·9

내 마음의 변방엔 늘 비가 내리고 안개 자욱하지 질컥질컥 젖은 신발 신은 채 세상의 끝으로 가는 배를 탔어

그곳엔 매일 일기예보에 등장하는 섬이 있다는데 물고기들에게 파도의 높이와 물의 온도를 물어봐서 소식 전해준다 하지

바람 속에선 플루트 소리가 들려

길길이 날뛰는 파도 황홀하게 불타는 노을 짭조름한 갈매기 울음 긴 뱃고동 적당히 섞은 술 권커니 잣거니 사는 게 뭐 다 그렇지 해도 가고 싶을 때 가지 못하고 오고 싶을 때 오지 못하는 당신,

새들의 오랜 숙박지

붉은머리오목눈이 댕기물떼새들이 수취인 없는 편지 기다리는 여관

심해의 발광 어류처럼 세이렌의 노래에 홀린 꽃봉오리처

럼 칠흑의 바다에 떨어지는 빗방울 혹은 말간 종소리처럼
가도 가도 푸른 당신

납자루 칼납자루

—길·10

삼켰다가 뱉고 삼켰다가 뱉고 검은 자갈이 흰 모래가 될 때까지 펜션 가든 전원주택 줄지어 선 길 올라 올라 여울에 득실득실한 동자개 갈겨니 가시고기 미꾸리 감돌고기 쉬리…… 지금은 사라져버린 이름 그리워 숫돌에 날을 갈아 잘 벼려진 칼날처럼 납작한 머리 얇고 매끄러운 입술 물의 결 따라 살살 흔들면 저절로 붉어지는 몸

악보가 아니라
지도였어
산다는 것은

납이 든 자루처럼 무거운 하루

올라왔던 만큼 내려가는 상류 하류 가릴 것 없이 파헤쳐놓은 모래사장 돌무덤 기나긴 둑과 보 흐르지 않는 물길…… 이승의 은빛 꿈들 내생엔 꼭 이루기 위해 온몸으로 칼을 쥔 납자루 칼납자루

섬진강어류생태전시관

어항 속에서
빠끔빠끔

해설

고통스러운 현실과 싸우는 노래의 힘

전철희(평론가)

노래는 힘이 세다. 며칠 밤을 지새워 연습한 연가를 사랑하는 이에게 들려주거나, 대학 선후배와 입을 맞춰 투쟁가를 제창해본 사람은 안다. 노래가 살아 숨 쉬는 유기체라는 것을. 물론 본래는 노래도 특정한 목적을 위한 수단일 뿐이었다. 마음이 갑갑해서 고성을 지르고 싶다거나, 상대방에게 연정을 전하고 싶다거나, 혹은 동지와 투쟁심을 확인하고 싶다거나 하는 이유로 시작된 노래는 그러나 입 밖으로 내뱉어지고 나면 가창자의 의도를 훌쩍 넘어선 감정의 파동을 만들어내곤 한다. 만약 당신이 귀에 익은 유행가를 들었을 뿐인데 돌연히 행복해지거나 눈물이 왈칵 쏟아질 만큼 슬퍼진 적이 있다면, 그때 당신은 멜로디와 가사의 화학반응으로 환원시킬 수 없는 노래의 마력을 느낀 셈이다.

하지만 이제 그런 노래의 신비성은 옅어졌다. 근래의 음원시장에서는 댄스에 적합한 전자음악이나 힙합 등이 강세를 보인다. 이런 종류의 음악은 아티스트의 무대를 화려하게 꾸밀 때는 적합할지언정 청자가 쉽게 공감하고 따라 부를 수 있게끔 허용할 여지를 남기지는 않는다. 물론 이런 변화를 퇴화라고만 할 수는 없을 것이다. 급변하는 사회에서 음악의 존재 양태가 달라지는 것은 불가항력이다. 음악을 포함한 예술이 일회적 소비의 대상이 되고 뜨거운 사랑보다는 '썸'과 같은 가벼운 관계가 미덕으로 여겨지는 세상에서 묵직한 노래가 사장되는 것은 사실 자연스러운 일이다.

어쨌든 정태춘이나 김현식 혹은 김광석처럼 진정성을 내세우던 '음유시인'은 더 이상 나오기 힘들고 나와도 예전 같은 인기를 끌기 힘든 게 오늘날의 현실이다. 시인의 처지도 이와 같다. 생각해보면 앞에서 말한 노래의 힘이라는 것은 기실 서정시가 짊어진 이상이기도 했다. 태생부터 시는 노래의 특성을 계승하며 성립했다. 근래에 시의 영향력이 감퇴하고 새로운 형식의 시형詩形이 난립하게 된 것은 노래의 위상 변화와 엄밀한 상관관계를 이룬다. 시가 독자로부터 멀어졌다는 호사가들의 우려는 식상하지만 부정하기는 힘든 현실을 담고 있다. 많은 사람들은 지하철 스크린도어나 SNS에 달려 있는 감성과잉의 문장들을 향유하는 데 만족할 뿐 시집을 굳이 돈 주고 사서 읽을 필요를 느끼지는 못한다. 한편 과거에 '노래'와 감성을 공유한 서정시가 사람들의 심금을 울렸다면, 근래에 주목받는 신진들은 서정적 노래의 이상을 벗고 새로운 작법을 개발하는 데 열중한다. 물론 서정적 통찰을 이어가는 시인들의 활약도 없진 않다. 그럼에도 서정의 기율에서 이탈한 시인들의 권역과 위상이 조금씩 넓어지는 것은 분명한 사실이다.

제목만 보면 이번 고성만의 시집 『마네킹과 퀵서비스맨』도 서정적 노래의 계보에서 벗어난 시집으로 여겨질 만하다. 마네킹은 인간의 모조품이고 퀵서비스맨은 속도만을 중요시하는 현대사회의 단면을 보여주는 직업이기 때문이다. 순수한 눈으로 인간과 자연의 본질을 통찰함으로써 현대문명에 대한 비판적 성찰을 꿈꾸는 서정시학의 이상에서 보자면, 이 두 개의 명사는 분명 '시적'이지 않다. 더 나아가 시인은 한 시편에서 직접적으로 '노래'에 대한 회의를 피력하기도 한다.

악보가 아니라
지도였어
산다는 것은

–「납자루 칼납자루–길·10」 부분

지도는 수학적 계측을 통해 세상을 재현한다. 그런 만큼 엄정할 수는 있지만 기호로 표상할 수 없는 존재적 심연에 대해서는 침묵할 수밖에 없다. 반면 악보에 담긴 노래는 삶의 어떤 한 부분만 떼어내 주관적인 방법으로 서술한다. 비록 넓은 세상의 총체를 다루지는 못할지라도 삶의 심곡을 담아낼 수 있는 양식이 바로 노래이다. 인용절에서 삶이 악보보다 지도에 가깝다는 전언을 불변의 진리처럼 받아들여서는 안 된다. 본래 화자는 삶이 음악과 같은 것이라 생각했고, 그러기를 바랐을 것이다. 창공을 밝히는 별이 빛나던 시대라면 삶이 음악과 같았을 수도 있다. 문제는 과거의 낭만적 이상이 오늘날에는 흔적도 찾기 어렵다는 점이다. 사람들은 더 이상 별을 봐도 아무런 감동을 느끼지 못한다. 아니, 환경오염 때문에 도시에서는 하늘의 별 자체가 보이지 않는 시대이다. 삶이 악보보다 지도에 어울리게 되었다는 전언은 이런 상황을 역사적인 시각으로 기술한 것이다. 예전보다 각박한 세상을 실감한 시인은 "내게 따뜻한 피 흐른다는 사실이 슬프다"(「저녁 일곱 시에 나는 침묵한다」)고 읊조리며 "홑겹의 슬픔"(「홑겹의 슬픔」)을 느낀다. 하지만 그는 세태를 한탄만 하는 데 그치지 않고, 세상이 악보처럼 느껴지던 시절의 기억을 그러모아 조심스레 서정적 풍경을 복원해내보기도 한다.

부치지 못한 편지 한 장

파르라니 치솟은 산의 어깨를 향하여 날아가면 끝내 하지 못한 말 자진모리로 모였다가 진양조로 흩어지고

다음 생의 너와 나처럼 갈래머리 묶은 여자아이와 자전거 끄는 남자아이가 차고 맑게 흐르는 강물에 제 그림자 비춰보는

추억도 재개발되기를 바라지만

쉽게 떠나가선 다시 돌아오지 않는 사람의 뒷모습이 신역사와 구역사 사이 붉은 꽃그늘에 어룽진다

– 「남원역」 부분

제목 그대로 남원역에 대한 회감을 풀어낸 시편이다. 인용한 부분의 앞 구절에서는 "농약가게 빵집 우체국 담벼락"에 기댄 "낡은 자전거", 그리고 "고압선 철탑"과 "벼가 자라는 논에 꾹꾹 심어놓는 기차" 등의 이미지가 겹쳐져서 전원적 풍경을 이뤄낸다. 그 시절 화자는 누군가에게 "부치지 못한 편지"를 썼다. 끝내 전하지 못한 마음을 고이 간직한 편지는 아마 잔잔한 '노래'와도 같았을 것이다. 하지만 이제 더 이상 그런 노래는 존재할 수 없다. 시어들로 추론컨대 아마 '남원역'이라는 동네는 재개발이 되었을 것이다. 한국에서 개발독재 시대 이래로 줄기차게 이어져온 재개발은, 불도저처럼 무작정 개발만 하면 된다는 천민자본주의의 첩경이었다. 우리가 경제발전의 미명 아래 고향을 초토로 만드는 동안 조금의 '효용성'도 지니지 못하는 추억 속 공간은 하나씩 남루한 과거 속으로 사라졌다.

「남원역」은 서정적인 풍경을 담고 있지만 노래의 형식을 지니고 있는 시편은 아니다. 이 작품은 노래가 불가능해진 현실을 담담하게 조망해내는 점에서 역사적인 시각을 겸비한 '이야기'에 가깝다. 이번 작품집에서 시인은 종종 과거에 대한 회고에 빠진다. 이는 시인이 사람과 자연을 사랑하는 여린 심성의 소유자임을 증명한다. 하지만 그가 과거의 '좋았던 옛날'에만 함몰되었다고 볼 수는 없다. 시인의 눈은 항상 현재를 향하고 있다. 앞의 작품에서 화자가 기억을 복기

하려는 것은 과거를 미화시키기 위한 조처라기보다는, 직관과 흥감을 발휘할 여지도 없이 삭막해진 현실세태를 비판하기 위한 장치에 가깝다. 본 시집에서 과거를 '이야기'하는 작품들은 대개 이와 유사한 구도를 지닌다. 특히 「마포」 연작은 백석의 시에 견줄만 한 애상을 담고 있으면서도 한국의 역사적인 질곡을 관통하는 상상력을 지니고 있다는 점에서 주목할 만한 가작이다.

입은 늘 부르기 위해 달싹거렸고 귀는 늘 듣기 위해 벌렁거렸고 손은 늘 두드리기 위해 까딱거렸으므로

눈처럼 바람처럼

그의 목소리가 날아오면 일꾼들은 일을 멈추고 싸움꾼들은 싸움을 멈추고 새들은 울음을 멈추고 황소는 새김질을 멈추었다네 이름은 용두, 복 많이 받으라고 복만이아버지, 택호가 고부 백산이라서 백산양반

말이 양반이지 아이들에게도 어이 어이, 놀림받던 하꼿길 우마차에는 항상 꽃 피고 나뭇잎 졌는데 먼저 간 임 다시 돌아오지 않는다는데

어디든 데려다주고
무엇이나 보여주던 소리의 마술사

우루루루 시르르르 이히이히 으으으응 휘릭휘릭 히히 어으……

–「용두백산양반–마포·1」 부분

TV와 극장이 없던 시절 어느 마을에나 한두 명씩 있던 소리꾼에 대한 시편이다. 과거 동학 농민혁명을 경험한 "고부 백산" 출신이니 그의 가족은 어느 정도 한국 현대사의 격랑에 휩쓸려야 했을 것이다. 민초의 집에서 장삼이사로 태어난 소리꾼에게 노래는 삶 그 자체였다. "우루루루 시르르르 이히이히 으으으응 휘릭휘릭 히히 어으……"라는 춘향가 귀곡성의 한 구절은 그에게 역사적 한을 예술로 승화시킬 창구가 되었다. 이 작품은 노래가 어디서 나와서 어떤 역할을 했는지를 암시하는 '이야기'이다. 이야기에 대한 시인의 관심은 다음과 같은 작품들에서도 드러난다.

차가운 물 고인 화분
아래로는
뜨거운 이야기가 흘러내린다

–「칼데라」 부분

(이것은) 채울수록 허기져서
걸신들린 듯
아귀아귀 먹어 치우는 사람들의 이야기다

—「이것은 봉두난발 억새 수풀 헤치던 때와는 좀 다른
이야기다」 부분

이 정도로 '이야기'에 천착하는 시인을 한국 시사詩史의 좌표 속에서 설명해보면 어떨까. 우리는 고성만 이전에도 서정적 경향의 시에 서사를 삽입한 시인들이 존재했음을 알고 있다. 『국경의 밤』의 김동환으로 시작해서 이용악, 신경림, 곽재구 등으로 이어지는 '이야기시'의 계보는 특히 유명하다. 하지만 고성만의 시가 '이야기'를 끌어오는 까닭은 선배들과 다소 구별된다. 과거의 이야기시가 방외자의 빈곤을 고발하는 데 주안점을 뒀다면, 고성만은 신자유주의 시대의 정신적 궁핍에 천착한다. 물론 지금의 사회에서 경제적 불평등 문제가 일소되었다고 할 수는 없다. 노동자 중 대부분은 풍족한 삶을 영위하지 못한다. 도리어 빈익빈 부익부가 점점 심해진다는 분석도 있다. 하지만 기술문명은 기하급수적으로 발전을 거듭했고, GDP 같은 수치에 의하면 한국이 엄청난 경제적 도약을 이룬 것도 부정할 수 없는 사실이다. 하지만 문제는 그렇게 눈부신 '한강의 기적'이 이루어지는 동안 인간과 자연 사이의 단절은 견고해지고 사회구성원들의 내면적 미덕은 증발해버렸다는 점이다.

앞으로
뒤로
무한반복 재생한다

지하철 계단 편의점 매장 사거리 신호등 여자화장실 목욕탕 탈의실 물고기 같은 눈으로 침을 꿀꺽 버스 요금함 위 현금지급기 앞 금고 주변 도둑을 잡기 위해 도둑의 마음을 즐긴다

콧구멍 후빌 때 노상 방뇨하는 순간 담배꽁초 버리는 찰나 스멀스멀 스며든다 더듬는다 꼼지락거린다 찌른다 깨문다 움직인다 닦는다 차가운 피를 가진 종족

상체
하체
맨다리 스쳐
쓰윽~

길을 감고 사라진다

－「몰카 천국」 전문

“도둑을 잡기 위해 도둑의 마음을 즐”기는 것이 CCTV, 즉 “몰카”이다. 우리가 필요해서 “기계”를 만들었지만 이제는 그 기계에 의해 우리의 사생활이 침해당하게 되었다. 더 비극적인 사실은 누구도 이런 상황을 위로해줄 수 없다는 사실이다. 물론 기술발달이 사회를 각박하게 만들었다는 진단은 복잡한 현실을 너무 단순화시켜 설명한다는 점에서 한계를 지닌다. 그래서 고성만은 효율성 만능주의 체제

의 패악을 꼼꼼하게 조망한다. 이번 시집에는 현대사회의 모순을 적나라하게 들춰내고자 '이야기'의 형식을 차용하는 작품들도 있다. 가령 병원을 현실 사회의 축도로 삼아 근래의 세태를 거침없이 풍자하는 「H병원이 보이는 풍경」 같은 시편이 그렇다. 이 정도로 직접적이지는 않다고 해도 본 시집에는 고도로 발전된 문명사회를 향한 비판들이 꽤 많다. 인간다운 삶을 염원하는 시인이 근래의 사회에 불만을 느끼는 것은 퍽 자연스러운 귀결이다. 요즘 세상에서는 도저히 눈뜨고 볼 수 없는 일들이 자행되고 있기 때문이다.

구제역으로 걸을 수 없게 된 암소의 허벅지살과
AI로 날 수 없게 된 새의 겨드랑이 부위를
먹게 될지 모른다고, 무슨 뜬금없는 소리냐고,
그게 무슨 상관이냐고 외칠 때
독재자의 자식들은 독재자의 뒤를 따라갈 것이고
신혼부부들은 셋집에서 쫓겨날 것이며
기업들은 해외로 이전할 것이고
젊은이들은 깨진 밥그릇에 입을 맞추게 될 것이라고 악에 악을 쓴다(…)
내가 하늘색 돔이 쩍 열리는 그리스식 모텔에서
이 짧은 절정의 순간을 만끽할 때
– 「그리스식 지붕이 있는 거리」 부분

화자는 사회적 부조리를 개탄하는 목소리의 주체를 '애

인'이라 부른다. 애인은 생명보다 이윤을 우선시하는 세태를 날카롭게 비판한다. 화자는 그런 애인의 존재를 다소 거추장스럽게 여기고, 세상을 너무 비관적으로만 보지 말라는 식의 충고를 짐짓 던져보기도 한다. 하지만 이 애인의 존재 자체를 부정할 수는 없다. 그(녀)와 함께 밀월여행을 떠나서 "짧은 절정의 순간을 만끽"하고 싶기 때문이다. 화자와 애인이 시인의 내면에서 충돌하는 두 개의 영역을 대변한다고 보면 어떨까. 화자가 시인의 의식적인 차원이라면, 애인은 무의식적인 영역을 나타낸다고 말이다. 어쩌면 시인은 사회적 사안에 대한 관심을 끊고 싶다고 생각할 수도 있다. 어쨌든 고성만은 사회적 문제를 비판하느라 문학의 예술적 질감을 포기하는 종류의 작가는 아니기 때문이다. 더욱이 별로 개선될 여지도 보이지 않는 세상에 신경을 쓰는 것은 답답하고 소모적인 일이기도 하다. 하지만 설사 그렇게 생각한다고 해도, 시인의 양심과 무의식은 작금의 사회적 질곡을 직시하게끔 바로잡아줄 것이다.

한 작품에서 시인은 "아이들이 무거운 책가방 대신 캐리어 끌고 인솔 교사 따라 수학여행 떠났는데 배가 뒤집혔다니 수백 명 갇힌 선실에 물이 차올라 살려달라 울부짖는데도 구하지 않았다니 이런 나라에 살고 있다니"(「저녁 일곱 시에 나는 침묵한다」)라는 말을 여과 없이 활자로 옮긴다. 안타깝게 죽은 청소년들에 대한 안타까움이 짙게 묻어나는 대목이다. 이런 대목에서 드러나는 사회문제에 대한 관심이 예술적 감각과 만나 이뤄지는 "짧은 절정의 순간"을 고성만의 시에서 포착할 수 있다. 시인의 의식과 무의식이, 내적 성찰과 세계관이 부딪치는 지점에서 그의 시는 시작되는 셈이다.

이제 우리는 시집의 표제로 운용된 작품을 읽을 준비를 마쳤다.

여자를 들고 달린다

가방 속에 든 여자의 몸은 여러 겹의 포장으로 둘러싸여서 잘 보이지 않는다 욕이 먼저 튀어나온다 씨발,

벌거벗은 마네킹이다 마네킹이 쳐다본다 마네킹을 때린다 마네킹이 운다 마네킹을 다시 집어넣는다 마네킹과 함께 도망친다 한사코 시의 외곽으로

경찰차가 따라온다 그를 안다고 말할 수 없음에도 불구하고 그가 안다고 생각한다 부릉부릉 오토바이의 속도를 높인다 경광등을 울린다 경찰관이 거수경례를 한다

위반하셨습니다

시켜만달라고 각종 배달 심부름 대행 안 하는 것이 없다고 어디든 바람처럼 다녀올 수 있다고 헬멧과 마스크 사이 눈 깜박거림 멈출 수 없다 분노한 짐승같이 한쪽 다리를 든

다 페달을 구른다

몇 동 몇 호세요? 어느 골목에 계신가요? 곧바로 나오실 수 있죠? 검정 바지 검정 점퍼 무릎 보호대 두른 채

요금은 14,000원입니다

부다다다-

꽃잎 으깨진다 애드벌룬 터진다

-「마네킹을 배달하는 퀵서비스맨」 전문

작가의 저항적 기질이 명징하게 드러나는 시편이다. 표면적 서사는 그리 복잡해보이지 않는다. 오토바이를 타고 마네킹을 운반하던 퀵서비스맨에게 경찰이 속도위반을 고지한다. 그런데 마네킹은 인간처럼 보이는 플라스틱 인형이다. 옷가게의 쇼윈도에 비치된 마네킹은 모델 역할을 하며 사람들의 소비를 부추긴다. 경제의 선순환을 돕는 한에서만 마네킹은 존재 의의가 있다. 퀵서비스맨은 심장이 있고 숨을 쉰다는 면에서 마네킹과 전연 다른 종처럼 보인다. 하지만 상품의 유통을 도와 자본주의가 굴러가게 만든다는 점에서는 그도 마네킹과 크게 다르지는 않은 처지이다. 더욱이 퀵서비스맨은 자신이 하고 있는 일의 가치와 의미를 알지 못한 채 거대한 유통경제의 일부가 되어 기계적 노동

을 반복해야 한다. 직업 이름에 달린 접두사(Quick)처럼 물건을 운반하는 속도만이 그의 가치를 결정한다. 그러면 퀵서비스맨을 추격하는 경찰은, 속도와 효율성만 좇게끔 강요하는 현재의 체제에 제동을 거는 시인의 분신이라고 할 수 있겠다.

사회의 분업화가 고도화될수록 노동 소외는 심해진다. 구성원들이 노동에서 행복과 의미를 찾지 못하고, 그저 돈을 벌기 위해 주어진 일만 반복해야 하는 사회는 분명히 문제가 있다. 하지만 시인은 사회적 현실을 개탄하려는 목적만을 위해 이 작품을 표제로 내세우지는 않았을 것이다. 앞서 말했듯 그는 현실 비판에만 골몰하는 종류의 작가는 아니기 때문이다. 그럼에도 이 작품을 시집의 제목으로 내건 것은, 현대 문명의 폭력성에 대한 인식으로부터 파생된 문제의식이 시집 전반을 감싸고 있기 때문일 것이다.

자연이 인공적으로 '재개발'되고 자본주의의 중추인 노동자가 마네킹과 같은 존재로 전락했다면, 신실하게 타자와의 진실한 관계를 추구하던 서정시는 존재할 수 있는지 시인은 묻는다. 이 물음을 아도르노 식으로 축약하면 이렇다. '신자유주의 시대에도 서정시는 가능한가'. 설의법을 동원한 수사는 완곡한 부정을 의미할 때가 많다. 이렇게 메마른 세상에서 노래의 꽃을 피우는 것은 분명 쉽지 않은 일일 것이다. 하지만 시는 불가능하게 여기던 문제를 언어의 힘으로 극복하고자 시도하는 장르이다. 고성만은 세태에 역행하며 세상을 냉철하게 '인식'하는 태도와 아름답게 '감상'하려는 마음을 결속시키려 한다. 사실 이 둘은 어느 정도 상충하는 요소라서 조화시키기가 쉽지 않다. 그러다보니 시인 스스로가 "올라갈 수도 내려갈 수도 없"(「수목한계선」)는 진퇴양난에 몰렸다는 위기감을 피력할 때도 있다. 하지만 그는 절망에 무릎 꿇지 않고 "더 이상 던질 곳 없는 투수"(「더 이상 던질 곳 없는 투수처럼」)처럼 배수진을 치고 비장하게 "아직도 불화 중인 세상에 대해/ 아직도 익숙지 않은 거리에 대해"(「운문사」) 이야기를 풀어낸다. 앞의 두 문장에서 인용한 구절들이 보여주듯 고성만의 시에는 강건하고 직설적인 표현들이 많다. 절박한 마음으로 세상의 질곡과 투철하게 싸워나가다보니 단도직입적 어법을 차용하게 된 듯하다.

고성만의 시적 세계관은 다소 갈등론적이다. 시집의 초두에 수록된 작품은 시인이 평화롭게만 보이는 풍경에서 투쟁의 요소를 추출해서 쪼개놓았다가, 그것을 다시 하나의 총체로 엮어낼 수 있는 재기와 뚝심을 가지고 있음을 보여준다.

맨드라미가
머리를 쭉 뻗었다가
푸드득 도약하여
칸나의 대가리를 찍는다
살점이 떨어져 나간다
우수수 날리는 깃털
피가 튄다

야산에
깊게 팬 자동차 바퀴
신발 흙 질컥거리며
환호성 지르는 사람들
마스카라 지워진 노을이
저녁 꽃을 줍는다

-「투계」 전문

피어나는 꽃과 기뻐하는 사람들 그리고 이 모든 것을 감싸는 자애로운 노을을 함께 옮겨놓은 시편이다. 시인의 참신한 표현은 너무 아름다워서 도리어 언어로 옮기기 부담스러울 정도의 장관을 낯설게 만든다. 평화롭게 피어나던 꽃들은 머리를 뻗고 남의 "대가리를 찍는" 닭싸움을 하는 게 되며, 지나가던 사람들은 졸지에 그 모습을 지켜보는 관객이 되어버리고 만다. 어쩌면 이 시를 관통하는 역설적 구도가 고성만의 시 전반에 통용될 수 있다고 나는 생각한다. 세상을 조화롭게만 인식하는 낙천주의자는 이런 발상을 할 수 없다. 낙화하는 꽃들에게서 쟁투를 연상할 발칙함과 거기서 빚어진 아이러니의 풍미를 즐길 수 있는 연륜이 없다면 이런 상상력의 향연을 펼쳐내는 것은 불가능하다. 아마 고성만은 지금의 세상이 아름답기만 하다고 믿을 만큼 순진한 사람은 아닐 것이다. 도리어 이 사회의 억압적 현실이야말로 그에게 시를 쓰게 만드는 원동력 중 하나일 수 있다. 그런데 서정이 압사당한 사회와 치열하게 싸워나가는 시인의 모습은, 그 자체로 한 편의 아름다운 노래가 되어 마치 필부를 환호시키는 칸나와 맨드라미의 싸움처럼 독자를 매혹시켜버리고 만다. 역시 노래는, 힘이 세다.